AF296382

MOMVS FABVLISTE.

MOMUS
FABULISTE,
OU LES NÔCES
DE VULCAIN.

COMEDIE.

Par Monsieur FUZELIER.

A

A PARIS,

De l'Imprimerie de PIERRE SIMON,
Imprimeur de la Cour des Aydes.

M. DCC. XIX.

Avec Aprobation & Privilege du Roi.

A LA JEUNE
FLORE.

ON dit que Momus Fabuliste
    Vous a paru fort amusant,
Ce suffrage sera des premiers sur ma liste
    Ceci n'est point discours de complaisant.
    Le préjugé dans les cœurs de votre âge
    Sur les plaisirs n'établit point ses loix,
Vous ne connoissez pas encor son vain langage
    Vous qui déja sçavez l'Anglois
    L'Italien & le François.
    C'est la langue de la nature
    Qui parle seule à votre esprit;
Cet esprit des leçons prévenant la culture
    Chaque jour augmente & meurit;
    Lorsqu'on vous voit, qui ne s'étonne,
    Qui n'est frapé dans ces instans
De trouver un esprit si voisin de l'Automne
Avec de doux appas qui n'entrent qu'au Prin-
    temps.
    Dans la Scene de la Praline,
    Æglé, dit-on, paroit trop fine;

ã ij

Quoi s'écrie un Censeur charmé de controller,
A dix ans se peut-il qu'on explique une fable
Où la Métaphisique à tort vient se mêler ?
    Si l'on vous entendoit parler
La Scene paroîtroit aussi-tôt vrai semblable.
Vous avez sous vos yeux des modeles parfaits,
Dans vous de leur merite on distingue les traits,
    Si vous leur devez la naissance
Que ne fait point pour eux votre reconnoissance ?
Imiter leurs vertus c'est païer leurs bienfaits.
Je n'entreprendrai pas de peindre ici vos char-
    mes ;
Cupidon ne craint plus qu'il lui manque des
    armes ,
Que de talens divers secondent vos attraits !
Que d'agrémens , sur-tout , brillent dans votre
    dance !
    Terpsicore feroit fort bien
    De suivre desormais vos traces ;
Votre geste ravit comme votre entretien
    Et vous ne faites jamais rien
    Que de concert avec les Graces.
Revenons à Momus ce Fabuliste heureux :
Jusqu'ici son destin a surpassé ses vœux,
    Son essai nouveau sur la Scene
A flaté l'Auditeur , mais sa victoire est vaine
Si ses vers sont proscrits par le Lecteur mutin.
Puisse sous votre nom sa Muse protegée
Recevoir du Public encor de la Dragée
Les Auteurs ont toûjours assez de chicotin.

FUZELIER.

PREFACE.

LA reconnoiſſance m'engage à rendre compte au Public des raiſons qui m'ont déterminé à ne pas me déclarer l'Auteur d'une Comedie qu'il a ſi extraordinairement favoriſée. Je dois auſſi m'excuſer d'avoir trompé dans cette occaſion juſqu'à mes amis les plus particuliers, j'eſpere qu'ils me le pardonneront aiſément; ſi le menſonge n'eſt criminel qu'à proportion de l'importance des veritez qu'il déguiſe, on ne peut pas mentir plus innocemment que je l'ai fait. J'ai voulu voir quel deſtin auroit Momus *Fabuliſte* indépendamment des idées bonnes ou mauvaiſes attachées à mon nom, (car on définit bien ou mal les Auteurs, & les moins connus n'échapent pas à l'eſprit de critique qui regne ſouverainement aujourd'hui.) J'ai voulu riſquer de m'entendre cenſurer par mes amis ſi ma piece tomboit, pour m'aſſurer ſi elle réüiſſiſſoit le plaiſir d'être loüé par ceux qui ont reſolu de ne me pas eſtimer. Il n'étoit queſtion que de me taire pour arriver à mon but; quoique les Muſes ne ſoient pas or-

dinairement difcretes, fur-tout quand le
Public s'avife de les cajoler, la mienne a
fçû être affez raifonnable pour refifter à
la démangeaifon de parler dans des in-
ftans où chacun à l'envi s'efforçoit de lui
faire rompre le filence & de lui dérober
fon fecret. Cette épreuve eft dangereufe
pour l'amour propre & je ne fçai fi je
voudrois en tenter une feconde ; lorfqu'un
Auteur defavouë un Ouvrage qu'il a fait,
cette forte d'*incognito* l'expofe à des fce-
nes qui ne le furprennent pas agréable-
ment ; quand la fincerité ne fe gêne pas
la vanité fouffre toûjours de fa converfa-
tion. Si les Auteurs prenoient le parti que
j'ai hazardé, ils ne feroient pas fi contens
d'eux-mêmes ; ils aprendroient ce qu'ils
ignoreront toute leur vie, & connoîtroient
exactement à combien ils font apprétiez
par le Public.

Pour moi j'ai été heureux en ne montrant que mon Ouvrage, il s'eft rencon-
tré affez original pour exciter la curiofité
d'en fçavoir l'Auteur ; je me fuis bien gar-
dé de le découvrir, & de dévoiler un miftere qui redoubloit l'empreffement de
tout le monde pour ma Comedie. Il faut
avouër que la Coqueterie eft auffi necef-
faire aux Poëtes qu'aux Belles. Le manége d'une Belle lui fait plus d'Amans que

ſa beauté , le manége d'un Poëte lui fait plus de Partiſans que ſon merite ; le fard de la Belle trompe le cœur par les yeux, le fard du Poëte trompe l'eſprit par les oreilles ; enfin le ſecret infaillible de piquer les hommes eſt de les ſurprendre. Souvent dans un Bal on rencontre une femme de ſa connoiſſance pour qui l'on n'avoit jamais rien ſenti, c'eſt qu'on la voïoit à viſage découvert ; inconnuë, elle enchante ſous le maſque ceux qui la regardoient ſans attention quand elle ne ſe voiloit pas à leurs regards, les voilà tranſportez , enflamez pour un objet qui ſçait les inquiéter avec adreſſe ; ils preſſent vivement la Belle de ſe démaſquer, tant qu'elle les refuſe, leur empreſſement ſe ſoûtient , augmente même, la Belle eſt-elle aſſez ſimple pour les croire, que devient leur vivacité en reconnoiſſant une perſonne que le préjugé n'a jamais embellie pour eux ? leur paſſion tombe avec ſon maſque. Voilà le Bal que je me ſuis donné pendant les repreſentations de Momus *Fabuliſte* : cette manœuvre nouvelle m'a rendu plus Philoſophe encor que je ne l'étois, & m'a prouvé évidemment qu'il nous eſt impoſſible de connoître les veritables ſentimens des hommes ſur notre chapitre dès que nous nous preſentons

nous-mêmes pour les aprendre ; la politeſſe
qu'ils pratiquent même avec les Auteurs
leur fait toûjours trahir la verité, & l'u-
ſage les autoriſe à loüer juſqu'à ceux qu'ils
mépriſent. J'ai compoſé une fable ſur la
politeſſe qui ne vient pas mal ici. La Préface de Momus *Fabuliſte* ne doit pas être
ſans fables.

Les Animaux polis.

FABLE.

Aux Animaux ſoi diſant raiſonnables,
Les autres ſe trouvant en tout preſque ſemblables
S'entredirent, voiſins, Poliçons nos forêts,
  Car à la politeſſe près
Nous tenons fort de l'homme, achevons la copie,
  Aprenons la civilité.
  Auſſi-tôt une vieille Pie
  Ouvrant un bec peu conſulté
S'écria, c'eſt bien dit, aïons des mœurs civiles,
Faiſons des complimens, ſont-ils ſi difficiles ?
  Au premier venu j'en ferai.
La Pie auroit été tout le jour ſans ſe taire
  Lorſque la Poule autre Commere
L'interrompit, diſant, chez vous je menerai
Tres-bonne compagnie & j'y raſſemblerai
L'Ours, la Vache, la Gruë & l'Ane, enfin ma chere,
Nous ſerons gens choiſis. Un ſi ſage deſſein
  S'exécuta le lendemain.
On arrive, on s'embraſſe & ſans ordre on caquette,
  Sur les lieux communs on ſe jette,
       Enſuite

Enfuite on fert l'encens, chacun en a fa part,
Le col de Dame Gruë auffi long qu'un Billard
    Tout haut fe nomme une fine encolure
Et tout bas un fufeau de vilaine tournure;
      La Poule au gofier bavard
      Reine des voix glapiffantes
Faifant avec la Pie un duo babillard
On leur dit en baillant qu'elles font amufantes.
    L'Ane affectant de braire d'un ton doux,
Malgré l'épais maintien de la Vache nourrice,
    Feint de la croire une Géniffe
    Et traite de blond fon poil roux.
Delà faluant l'Ours, Seigneur, qu'en dites-vous
Cette Vache eft bien bête ! elle croit que je penfe
Ce que je lui difois par pure bienféance,
Dans le Mirebalais nous fommes des galans.
Nous flatons fort le fexe : avec vous, je vous jure,
Rien n'oblige à mentir : quelle aimable figure !
    Je vous trouve des yeux brillans,
Une taille mignone, une pate charmante,
Oüi, j'oferois gager cent chardons contre trente
Que même a des regards contre vous prévenus
Vous paroiffez de loin l'Epagneul de Venus.
A ces mots le Baudet fe tait & rit fous cape,
    Trouvant l'Ours un Ours mal leché.
L'Ours dans les complimens à fon tour empêché,
    Lui répond d'un ton de Satrape,
    Maître Martin, en verité,
    J'ai vû maint Ane débâté,
    Sans vouloir faire ici d'emphafe
Nul n'egale, ma foi, votre legereté;
Un Baudet de votre air eft une nouveauté,
Apollon vous prendroit pour le cheval Pegaze.
Puis regardant la Vache avec un air malin,
Madame, lui dit-il, voïez Maître Martin,
e̅

Le fripon paraphé d'une large écorchure
Porte écrit fur fon dos qu'il a volé des choux,
Beau titre pour venir figurer avec nous,
Doit-on mêler ainfi nobleffe avec roture ?
    C'eft le monde & fa bigarure,
M'allez-vous dire ; oh ! bien, cette varieté
    Ne pique pas un Ours de qualité.

Ainfi le Cercle entier mafqué par fourberie
    S'entre-loüoit humainement,
    Faifant tout haut un compliment
    Et tout bas une raillerie.
    Je gage que dans ce moment
    Frapé d'un portrait veritable
On fe croit en vifite en lifant cette fable.

On fe croit en vifite & l'on s'ennuïe peut-être : je ne fuis pourtant pas encor prêt de finir. Je reviens à l'heureux miftere que j'ai fait de mon nom. Cette conduite m'a prouvé qu'il y a peu d'eftimateurs exacts des talens & de leurs productions & que les verifications de ftile font prefque auffi incertaines que celles de l'écriture. J'ai remarqué cent fois que bien des gens jugeoient de la Piece par le nom de l'Auteur & non pas de l'Auteur par le merite de la Piece. Mais dès qu'un Ouvrage paroît fans le certificat de fa naiffance, chacun s'empreffe de lui faire une Genealogie à fon gré. Si cet Ouvrage obtient le bonheur de plaire generalement chacun alors lui donne pour Pere l'Auteur qu'il eftime

le plus, & dont son entêtement a fait l'a-
poteose. Cette façon paffionnée de juger
des Ouvrages d'efprit a donné à Momus
Fabulifte plus d'une illuftre origine. On l'a
fait naître dans la Robe, dans l'Epée & même dans le Cloître. Quelques Differtateurs
pouffant plus loin leurs Analyfes ne m'ont
laiffé faire chez moi que la Profe, & ont
fait faire mes Fables en Ville. Je ne fçai
pas trop pourquoi ils m'ont voulu ôter la
rime ; lorfqu'on ne poffede qu'elle, c'eft
un fi mince apanage qu'il y a de l'inhu-
manité à en dépoüiller un Poëte. Quel
fpectacle réjoüiffant m'a procuré ma dif-
crétion, que de Rolles differens la prévention a joüés devant moi ! quel plaifir
de tromper ces prétendus Gourmets des
Théatres qui décident fi hardiment fur
les recoltes du Parnaffe. J'ai effaïé de les
caracterifer dans la fable qui fuit.

Les prétendus Gourmets.

FABLE.

CErtain Cabaretier poffedoit un vignoble
 Tantôt fameux tantôt ignoble.
Rien n'a de prix conftant, pas même la vertu,
Comment fixeroit-on celui de la vendange ?
 Eft il un feul goût qui ne change ?
 Le tout mûrement débatu,

PREFACE.

Que fait notre suport du Dieu de la Bouteille :
   De l'essai craignant le danger,
Loin d'afficher son nom il se feint étranger
Et vous fait débiter le produit de sa treille
   Par un fort habile garçon
A séduisante voix, s'entendant à merveille
   A faire valoir le bouchon.
Cent prétendus Gourmets volent à la boutique,
Et s'informent d'abord du terroir de ce vin,
On leur en fait mistere & chacun d'eux s'aplique
   A le définir, mais en vain.
   L'un en le savourant s'écrie,
Ah!c'est du Bourguignon!l'autre,il est Champenois.
   Fy, dit un tiers, malin Sournois
Qui le croit d'un Marchand qu'avec soin il décrie,
   Eh ! fy donc, c'est du vin de Brie,
Encor est il au bas. Messieurs, je m'y connois...
Trouvez-vous bon qu'on s'opose à cet arrêt terrible
   Interrompt un vrai Connoisseur,
Je croi ce vin d'un tel.....d'un tel ? est-il possible!
   S'écrie, un froid Jaseur,
   D'un ton caustique & grave,
D'un tel ! a-t-on jamais vû sortir de sa cave
   Un vin pareil à celui que voilà ?
Peste ! on ne vous sert pas ici de la Piquette!
Ce vin seroit d'un tel ! que vous nous citez-là !
   Une franche Guinguete !
   A ces mots le Cabaretier
   Leur démontre à son arrivée
   Qu'ils n'entendent pas leur mêtier,
   Que seul il a fait la cuvée.
Du vin qu'avec plaisir nos Raisonneurs ont bû
Et qu'enfin, sans mêlange il est tout de son cru.

Ainsi quelques Gourmets sçavans sur l'étiquette
   Jugent du rouge & du clairet

Par l'enseigne du Cabaret
Et décident des vers par le nom du Poëte.

Cette fable contient une verité que l'on
m'a rapellée plus d'une fois dans des lieux
où l'on ne me connoissoit pas : là j'enten-
dois tantôt exalter mon Oûvrage aux
dépens de mon nom, & tantôt avilir mon
nom aux dépens de mon Oûvrage. Les
uns croïant Momus *Fabuliste* une Piece
excellente ne vouloient pas qu'elle fut de
moi, les autres la soupçonnant de moi ne
vouloient pas seulement qu'elle fut bonne.
Au reste je ne prétens citer ici que ces
importuns arbitres des Théatres qui font
profession de ne vouloir jamais avoir tort
dans leurs conjectures quoique la Providen-
ce ne s'embarasse pas trop de les verifier.
Quant aux personnes que leur naissance,
leurs emplois, & des talens necessaires
à la societé, attachent à des soins impor-
tans, elles peuvent se méprendre à la façon d'une petite Comedie sans interesser
la gloire de leur discernement, elles font
fort bien de ne pas emploïer la justesse de
leurs reflexions à découvrir quel est le veritable Auteur d'un essai comique, elles
sçavent en faire un usage plus noble &
plus utile. Ces longues & ennuïeuses Dis-
sertations sur le chapitre d'un Ecrivain sont
le partage de ces Commentateurs bruïans

qui fe font un Cabinet litteraire de tous
les Caffez, & qui là regardent comme con-
vaincus de leurs opinions tous ceux qu'ils en
ont étourdis. Je n'entreprendrai pas de re-
lever ici toutes les abfurditez de ces Meffieurs au fujet du foin que je prenois de
me cacher. Les motifs qu'ils ont imputé
à mon filence eft une idée tres-affortiffan-
te aux rares genies qui en font les Inven-
teurs : C'eft un article qui ne merite pas
d'être refuté. Mais ils ont affecté de fe-
mer dans le monde que ma Piece étoit
remplie de traits odieux contre l'Auteur
des fables nouvelles; il eft bien-aifé de
me juftifier de ce reproche, & je le fais
en imprimant Momus *Fabulifte* tel qu'il eft
forti la premiere fois de mes mains. On
verra qu'on n'avoit fuprimé fur le Théatre que de legeres plaifanteries qui tom-
boient fur des mots, & non pas fur des
mœurs. La critique enjoüée des Ouvra-
vrages d'efprit a de tout temps été per-
mife. On n'a point vû autrefois l'Illuftre
Monfieur Racine fe plaindre des Parodies
de Titus & de Phedre; on ne l'a point vû
folliciter la fupreffion d'une phrafe qui ne
plaifoit pas à fon amour propre : Les vers
de Monfieur Racine font pourtant bien
auffi refpectables que d'autres. Tout jeune & tout vif qu'il eft, le brillant Auteur

d'Oedipe, n'a-t-il pas fuivi ce glorieux exemple de moderation, il a laiſſé patiemment traveſtir le Heros de ſa Tragedie, il a ri de la Maſcarade avec le Public.

Les bons eſprits n'ignorent pas les privileges de Momus & que s'il lui eſt permis de peindre les vices, il eſt encor plus en droit de peindre les défauts dès qu'il ſe renferme dans les bornes preſcrites par la ſageſſe de Themis. Mais quelles précautions peut-on prendre contre des Viſionaires oſtinez qui veulent voir abſolument tout ce qui n'exiſte point. Ils oſent mettre des noms aux portraits generaux que Thalie expoſe ſur le Theatre & ſoûtiennent hardiment que le pinceau du Poëte a voulu repreſenter les perſonnes qu'ils jugent à propos d'indiſpoſer contre lui. Et d'où vient cette haine maligne ? d'un trait qui leur aura paru lâché contre leurs Opuſcules & troubler le calme profond dont ils joüiſſent ſur les Quais de la Ville. C'en eſt aſſez pour les déterminer aux repreſailles les plus envenimées, ils débitent par tout que l'on eſt un Satirique ſans égard, que l'on n'épargne qui que ce ſoit, comme ſi (en leur accordant par complaiſance qu'on les a raillez puis qu'ils n'en veulent pas démordre) com-

me fi, dis-je, être capable de tirer fur
eux, concluoit que l'on eft d'un caractere
à infulter des gens raifonnables. J'efpere
que cette digreffion fur des fûjets affez
inconnus me fera pardonnée dans un
temps où le Public m'accorde tant d'e-
ftime ou tant d'indulgence. Je fçai que
les Orateurs mal intentionnez qui exercent leur éloquence fur mon chapitre n'oc-
cupent pas des auditoires bien diftinguez,
je fçai que dans les Cercles où le bon
goût préfide, ils ne font ni écoutez ni lûs,
mais le hazard peut tout faire. La calomnie fe gliffe fouvent où n'entreroit pas le
calomniateur ; la loüange marche en tor-
tuë & la calomnie a des aîles ; elle peut
en un moment voler du grenier d'un Ecrivain envieux jufqu'aux Palais des Princes.
De plus il n'eft pas difficile de décrier fur
de certains chapitres les enfans d'Apollon ;
le préjugé dépofe contr'eux & tres-fou-
vent la raifon confirme les dépofitions du
préjugé. Une Mufe enjoüée paffe bientôt
pour maligne & pour peu que les faux ra-
ports fe mettent de la partie, cette pré-
tenduë malignité devient aux yeux de la
prévention une méchanceté averée ; la reputation de l'efprit nuit prefque toûjours
à celle du cœur. On ne nous paffe jamais
une bonne qualité que l'on ne nous en

attribuë

attribuë auſſi-tôt deux ou trois mauvaiſes. Les hommes avares de leur eſtime ne l'abandonnent jamais ſans reſerve qu'à euxmêmes ; ils ne loüent les autres qu'avec des reſtrictions & ne commencent gueres de panegirique dans la converſation qui ne finiſſe par une épigramme. Sur ce piedlà quand la Cabale ſe charge officieuſement de peindre un Auteur, ſon portrait doit être joli; ſur-tout, quand c'eſt un Auteur peu répandu qui évitant avec ſoin de lire ſes ouvrages, perd tout le fruit qu'il pouroit tirer des conſeils délicats des perſonnes éclairées de la Cour & de la Ville, & riſque outre cela d'acquerir une reputation d'indocilité; tout le monde n'étant pas obligé de ſçavoir que c'eſt par prudence qu'il ne lit pas ſes vers & que la nature ne l'a pas doüé d'un de ces goſiers harmonieux & ſéducteurs qui ſervent bien des Poëtes mieux que leur plume.

Il eſt temps de terminer ce diſcours. La Préface ſeroit plus longue que le livre & l'on s'imagineroit que je prétens m'ériger en Faiſeur de *diſcours*. Aprenons pourtant aux Lecteurs que les aplaudiſſemens qu'ils ont donnés à ma Comedie quand ils étoient Auditeurs, n'ont point ennivré mon cerveau & que le ſuccès des repreſentations ne me raſſure pas ſur les perils de l'impreſſion. Ce ne

feroit pas ici la premiere Piece qui auroit
réüffi fur le Théatre & échoüé à la lecture:
les exemples font aifez à citer, cela ne demande pas des recherches bien éloignées:
je fouhaite de ne pas groffir le nombre
de ces citations-là. Je finis par une petite fable qui prouvera au Public que j'ai
l'honneur de le connoître & par confe-
quent que fes bontez ne m'empêcheront
pas de le craindre, fi j'ofe me prefenter
une feconde fois devant lui fur le même
Théatre.

Le Chat & les Sapajous.

F A B L E.

UN Matou tricolor avoit à fon fervice

 Deux ou trois Sapajous voüez à fes plaifirs.

  Le foin d'occuper fes loifirs

  Leur fourniffoit de l'exercice.

Par mille jeux badins qu'ils changent tous les jours

  Chacun à l'envi s'étudie

  De lui donner la Comedie.

  Lorfqu'il eft content de leurs tours

Le Rominagrobis fait pate de velours:

  Mais fi l'un de nos Pantomimes

Se dément une fois, l'impatient Matou

PREFACE.

Etend la griffe & prend pour ses victimes

Les oreilles du Sapajou.

Poëtes, vous qui sur la Scene

Suivez Thalie & Melpomene,

Des faveurs du Public ne vous targuez jamais :

Il aplaudit tant qu'on l'amuse,

Vient-on à l'ennuïer, près de lui rien n'excuse,

Aujourd'hui de l'encens & demain des siflets.

ACTEURS

JUPITER.
NEPTUNE.
APOLLON.
MARS.
PLUTUS.
VULCAIN.
MERCURE.
MOMUS.
JUNON.
VENUS.
ÆGLE' Nimphe d'Hebé.
UN MINISTRE du Deſtin.

La Scene eſt dans les avenuës du Palais du Deſtin.

MOMUS

MOMUS
FABULISTE,
OU LES NÔCES
DE VULCAIN.
COMEDIE.

Le Theatre represente les avenuës du Palais du Destin.

SCENE I.
JUPITER, MOMUS.

JUPITER, *aprés s'être promené en revant.*

Junon !

MOMUS.
Que veut dire cette exclamation?
Jupiter adresse - t - il à present ses
vœux à sa femme ? ce fruit seroit assez nouveau pour elle.

A

JUPITER.

O Venus !

MOMUS.

Ah ! voici la veritable Déeſſe de vôtre cœur ! depuis ſix mois que cette enchantereſſe Venus eſt ſortie de la mer, il y a bien du dérangement dans les têtes divines. Les habitans de l'Olimpe plus parez qu'à l'ordinaire ne ſont preſque plus reconnoiſſables par l'ajuſtement, ils ne ſont plus variez que par le ridicule.

JUPITER.

Oça, toi, Momus, qui n'aprouve rien, peux tu ne pas trouver Venus la plus charmante divinité du monde ? n'efface-t-elle pas toutes les beautez de ma cour par l'éclat de ſes yeux ?

MOMUS.

Et par ſa maniere de les tourner.

JUPITER.

Non, rien n'eſt comparable aux attraits de Venus !

MOMUS.

Non, rien n'eſt comparable à l'inconſtance de Jupiter !

JUPITER.

Que je me repens d'avoir épouſé Junon ! comment ai-je pû ſubir le joug d'un mariage d'une éternité ? quelle chaîne !

MOMUS.

Ce font les galeres perpetuelles. Mais je vous trouve ici dans les avenuës du Pa-lais du Deftin, ne venez vous point plaider devant lui en feparation ? ce petit plaifir-là devroit être du moins refervé pour les Dieux & interdit aux hommes, qui joüif-fent feuls des beaux privileges du veuvage.

JUPITER.

Ce qui m'inquiete n'eft pas de repu-dier ma femme.

MOMUS.

Effectivement cela ne doit pas vous in-quieter : à la formalité prés la pauvre Junon eft trés-répudiée ; il y a quatre ou cinq mille ans que vous faites lit à part.

JUPITER.

La voilà bien malade.

MOMUS.

Une femme le feroit à moins.

JUPITER.

Tous les Dieux à marier charmez de Ve-nus veulent chacun en faire leur époufe...

MOMUS.

Et tous les Dieux mariez veulent chacun en faire leur maîtreffe ; on peut accom-moder cette affaire-là, n'eft-ce pas ?

JUPITER.

Je la traine en longueur, car j'en fçai

les conséquences. Il ne s'agit pas seulement pour Venus de sçavoir à qui elle se
marira, il est question de décider surtout si
elle sera Déesse du ciel ou de la mer, en
attendant la décision du procez, on a
mis la belle en sequestre dans le Palais du
Destin ; je n'ai encor osé le consulter sur
tout ceci : s'il faut absolument que la
Déesse se marie, je m'arrange pour lui faire
épouser le fils de Junon, Vulcain.

MOMUS.

O le sage arrangement. On vous y reconnoît.

JUPITER.

J'aimerois pourtant mieux que la Déesse
restat fille…

MOMUS *riant*.

Rester fille & être maîtresse de Jupiter…

JUPITER.

Sçais-tu que je suis furieusement las de
tes plaisanteries ?

MOMUS.

Vous ne vous lassez pourtant pas de les
faire naître.

JUPITER.

Tous les Dieux generalement se plai-
gnent de ta langue.

MOMUS.

Et moi je me loüe de la leur. Elle fournit
à la mienne dequoi s'égaïer.

JUPITER.

Tu te fais une maligne occupation de me turlupiner moi-même, & cela depuis une infinité de siécles.

MOMUS.

Et cependant je n'ai pas fait encor la moitié de ma besogne.

JUPITER.

Quelle insolence ! oh bien, je vous défens de parler davantage de moi & des autres Dieux, ni en bien ni en mal.

MOMUS.

Pour en bien j'obéïrai trés-ponctuellement.

JUPITER.

Je perds patience. mais que me veut ce Ministre du Destin ?

***

SCENE II.

JUPITER, MOMUS, UN MINISTRE du Destin.

LE MINISTRE du Destin.

O Jupiter, le Destin, mon maître & le vôtre, vous ordonne de venir au plûtôt à son hôtel, où il veut décider aujourd'hui quel sera le séjour & le mari de Venus.

JUPITER.

Vous pouvez m'annoncer au Deſtin, je vais vous ſuivre.

SCENE III.

JUPITER, MOMUS.

MOMUS.

OH ! pour le coup la coqueterie de Venus eſt *à quia,* depuis qu'elle eſt dans le Ciel en attendant mieux, tous les Dieux amuſez par ſes mines les interpre-tent chacun en leur faveur : cela me mor-tifie moi : je voudrois parmi cette foule d'amans pouvoir diſtinguer les malheureux pour leur faire des complimens de condo-léance ; peut-être vous en faudra-t-il un tantôt à vous quand vous ſortirez de l'au-dience du Deſtin.

JUPITER.

Quoi, encor ?

MOMUS.

Voici une grande journée au moins il eſt queſtion de fixer une Coquette ; c'eſt le grand œuvre cela.

JUPITER *diſtrait.*

Venus paroît deviner mes intentions.

MOMUS.

Ne vous ferez vous pas donner un coup
de peigne avant que d'aller chez le Destin?
vous y trouverez Venus sans doute ? quand
une belle personne a une cause à faire
juger elle ne manque pas de se presenter
au barreau, elle y sert quelquefois plus
que son Avocat.

JUPITER *haut à part.*

J'apprehende que le Destin ne soit con-
traire à mes vûës....

MOMUS.

Faites solliciter Junon pour vous.

JUPITER.

Momus vous m'excedez ;

MOMUS.

Je n'ai fait que nommer sa femme & le
voilà tout transporté !

JUPITER.

C'en est trop, vous abusez de ma patience.... oh ! bien , si j'apprend que d'ici à
demain vous lachiez une seule parole satirique, non seulement contre moi, mais
encor contre le moindre des Dieux, vous
pouvez vous assurer que sur le champ je
vous bannis pour jamais du Ciel, j'en jure
par le... a Non je n'en veux pas jurer
par le Stix. b adieu, souvenez-vous que
j'ai chassé une fois Apollon de l'Olimpe
& qu'il fut reduit à garder les moutons.

a *Bas.* b *Haut.*

SCENE IV.

MOMUS *seul.*

JE croi qu'il a juré par le Stix, & il n'y a pas ici à badiner, quand un Dieu jure par le Stix, il ne peut violer son serment, fut-ce un serment amoureux. Ne me voilà pas mal, être banni pour jamais du Ciel, ou être vingt-quatre heures sans médire, quelle cruelle alternative ! Mais Jupiter ne défend que les discours à mon esprit satirique.. il ne lui défend pas les pensées. Pensons... eh ! comment produire ses pensées sans parler?... bon, il me vient une idée originale ... heureuse... commode... Inventons des fables.... Ne nommons pas les Dieux, mais empruntons hardiment pour eux les noms des animaux, des hommes, tout cela est égal. Je pourrai aussi introduire sur la scene les meubles, je ferai parler *le Miroir* au belles & la Tabatiere aux petits maîtres, peut-être même serai-je assez heureux pour trouver parmi les plantes quelque *Phénomene potager* digne d'être presenté à Jupiter... oüi, devenons *Fabuliste* puisqu'on me contraint de l'être; je n'ai que cet expedient pour soulager ma

bile

bile & pour frauder impunément la loi
qu'on vient de me faire ; me voici posté
à merveille pour le mêtier que j'entre-
prens aujourd'hui : tous les Dieux & les
Déesses attirez par l'amour ou la curiosité
ne vont pas manquer de se rendre au palais du Destin, c'en est ici la route la
plus frayée ; oh ! que je vais enfanter de
fables ! je n'aurai ma foi pas besoin de pro-
logues pour grossir mon livre.

SCENE V.

MOMUS, MERCURE.

MERCURE à part.

DE confident de Jupiter auprés de Venus, je suis devenu son rival ; je ne
suis pas le seul dans le monde qui allie ces
deux emplois-là.

MOMUS à part.

Mercure paroît, & il m'est défendu de
médire ! voilà ce qui s'appelle une situation.

MERCURE.

Bonjour, Momus.

MOMUS.

Bonjour Mercure, quelles nouvelles ?

MERCURE.

Je n'ai jamais vû Jupiter si amoureux,

MOMUS.

Et si…. ouf, j'ai pensé laisser sortir une vérité toute nuë, & cependant je suis obligé d'habiller toutes celles qui s'offriront aujourd'hui à moi ; qu'il m'en va coûter de draperie.

SCENE VI.

MOMUS, MERCURE, NEPTUNE.

NEPTUNE *à part.*

Allons de bonne heure au temple du Destin, &…. * oh ! oh ! que fait ici avec le sincere Momus, mon neveu Mercure, qui est un fourbe fieffé.

MERCURE.

Mon oncle Neptune ne farde pas ses neveux.

MOMUS.

Honneur au Dieu de la mer.

NEPTUNE.

Bonjour Momus, parlez-vous, mon neveu Mercure, mon frere Jupiter prétend-

_____
* *Haut.*

Il toûjours faire mauvais ménage avec fa femme & galantifer Venus, qui doit être la mienne felon toutes les apparences.

MOMUS.

Voulez-vous que je vous dife la verité ? vôtre frere eft un franc.... * vous l'aimez fortement vous cette charmante Venus ?

NEPTUNE.

Ce n'eft pas fans raifon que je l'aime, elle a de certains égards pour moi.

MOMUS.

Eh quels font ces égards s'il vous plaît ?

NEPTUNE.

Oh ! nous fommes difcrets nous autres marins. Il feroit joli que le Dieu des Poiffons ne fçut pas fe taire.

MERCURE.

Il eft aifé d'être difcret quand on n'a rien à dire.

NEPTUNE.

Vous voulez me tirer les vers du nez; vous êtes un fripon mon neveu, Momus en conviendra.

MOMUS.

Pardonnez-moi j'ai fait une partie de mentir jufqu'à demain, je vais loüer tout le monde.

NEPTUNE.

Par ma foi, Momus devient raifonna-

* *Se reprenant.*

ble, j'en suis ravi ; je vois qu'il aprouvera
les prétentions que j'ai sur le cœur & la
main de Venus. Peut-on m'en disputer la
possession ? C'est une Déesse née dans mon
empire, & je suis son Tuteur juridique.

MOMUS.

Vous êtes le Tuteur de Venus & vous
voulez l'épouser ?

NEPTUNE.

Je vous en répons.

MOMUS.

Vous aurez mon étrenne ; écoutez une
petite fable, Seigneur Neptune.

FABLE I.

Le Saumon Tuteur.

CErtain Saumon Tuteur d'une Anguille legere
Près de qui barbotoient cent poissons amoureux
    Vouloit triompher d'eux
    Pardevant un Notaire.
Le droit de son amour lui paroissoit fort sur ;
    Je suis Tuteur de ma belle
    Ergo je suis son futur,
    Disoit-il, car j'ai sur elle
Une autorité grande & presque paternelle,
C'est un titre cela pour se faire adorer....
    Dans le moment notre imbecille
Muni d'un si beau titre alla se déclarer
    A sa chere Pupille.
    Du Tuteur quel fût le destin ?
    Il surprit la jeune commere
Avec un Eturgeon dans la chaîne legere
    D'un mariage clandestin.

Il voulut se fâcher, citer son droit de pere,
    Fy donc, lui dit un loup marin
Procureur des Poissons, vous plaideriez en vain ;
    Ignorez-vous pauvre cervelle,
Que le fils de Venus n'est jamais en tutelle,
    Et que les cœurs que ses traits ont frapez
    Sont tout d'abord émancipez ?

MERCURE à *Neptune*.

Mon oncle, comment trouvez-vous cette fable là ?

NEPTUNE.

Fort impertinente.

MERCURE.

Eh ! pourquoi prenez-vous le parti du Saumon ? C'est un sot animal de croire que le nom de Tuteur simpatise avec celui d'Amant.

MOMUS.

Aprenez Mr. le Saumon que les titres pour être aimé doivent se trouver dans le cœur de l'objet qu'on aime, & que c'est là que l'Amour enferme ses archives.

NEPTUNE.

Momus, mon neveu, je pense que vous osez railler le Dieu des mers ? * QUOS EGO !

MERCURE.

Je croi sans vanité que l'aimable Pupille de mon oncle Neptune, n'oubliera pas le génie universel du neveu, quand il faudra qu'elle se donne un mari. Venus & Mercure se

* *Les menaçant de son Trident.*

conviennent, on ne peut pas mieux.

MOMUS.

C'eſt la convenance la plus parfaite qu'on puiſſe rencontrer.

MERCURE.

Je ſuis de tous les Dieux celui qui raſſemble le plus de talens oppoſez. Patron des Avocats, Conducteur des morts, Protecteur de ces habiles Acquereurs du bien d'autrui qui ont des patrimoines dans tous les Païs où il y a des gens volables, enfin meſſager du Pere des Dieux & du fils de Venus, qui ſçait mieux que moi le chemin des cœurs ? Si l'Amour eſt le Dieu des Amans, Mercure eſt celui des Confidens.

MOMUS.

Dans le tems que les animaux parloient, ils aprenoient auſſi des métiers : & voici, (un peu d'attention vous Seigneur Mercure,) voici ce qui arriva à un Renard de ma connoiſſance qui ſe vantoit fort de la multiplicité de ſes talens.

FABLE II.

Le Renard.

UN Renard fort content de ſon petit merite,
Charmé d'une Renarde excellente à croquer
Loin de s'humilier en amant hypocrite,
S'amuſoit à lui croniquer

Tous ses rares talens par ordre metódique,
Dans son recit peu laconique
Il entassoit cent faits confus ;
Quand soi-même on travaille à son panegirique
On est toûjours diffus.
Je sçai, lui disoit-il, voler avec adresse,
Dans la pate j'ai la souplesse
D'un Huissier natif de Domfront :
Faut-il fourber, je mens avec délicatesse,
Dans mes discours adroits, je surpasse, dit-on,
Les complimens fleuris d'un emprunteur Gascon.
Pour les traitez de Citère
De la part de Cupidon
Fin Plenipotentiaire....
Vous voulez dire Courtier,
Repliqua la Renarde, oh ! bien, c'est trop vous taire
Qu'on peut savoir plus d'un métier
Et ne pas savoir l'art de plaire.
Monsieur l'Agent d'Amour, par maint certificat
Vous m'instruiriez en vain de votre adresse extrême ,
Vous m'avez l'air d'un Avocat
Qui perd sa cause en plaidant pour lui-même,

NEPTUNE.

Il me semble que le Renard est encor
mieux assaisonné que le Saumon ? qu'en
dites-vous mon neveu ?

MERCURE.

Je dis... je dis que je n'ai pas le temps
de me mettre en colere. Je vais au Palais
du Destin chercher Venus.

NEPTUNE.

Est-ce comme Dieu des Confidens ? *

MOMUS.

Où courez-vous Seigneur Neptune ?

* Mercure sort & Neptune le suit.

NEPTUNE.

Je cours auprés de ma Pupille. Je crains
que ce Renard-ci ne croque la Poule.

SCENE VII.

MOMUS.

CEla ne va pas mal : l'invention eſt mer-
veilleuſe pour éluder la défenſe de
Jupiter : … on dira peut-être que mes fables ne ſont que ſatiriques… eh ! mais,
la ſatire n'eſt-elle pas inſtructive & de plus
réjoüiſſante ? ma foi faſſe des fables pure-
ment morales qui le jugera à propos, pour
moi, je me garderai bien de prendre ce
ton-là, il ne réüſſit pas. De plus que peut-
on exiger de moi. Je ne ſuis qu'un *Fabuliſte* de hazard de qui l'on ne doit pas at-
tendre des idées abſtraites, enchaſſées géo-
metriquement dans des vers ſages & di-
ctez ſeulement par la Philoſophie. Oh !
oh ! voici deux bons Acteurs qui me viennent, Plutus & Vulcain les jolis animaux
pour figurer dans un apologue.

SCENE

SCENE VIII.

MOMUS, PLUTUS, VULCAIN.

VULCAIN à *Plutus*.

MA foi, Monseigneur Plutus, vous n'avez pas les yeux du raisonement plus ouverts que ceux de votre tête.

PLUTUS.

Ma foi, maître Vulcain, votre esprit boite aussi-bien que votre corps.

MOMUS à *part*.

Plutus & Vulcain se mêlent de plaisanter : depuis que Jupiter m'a défendu de faire ma charge de railleur, je croi que tous les Dieux l'exercent par commission.

VULCAIN à *Plutus*.

Le Destin est trop sage pour vous donner Venus ; si c'étoit une grisette il pourroit charger Plutus du soin de la meubler.

PLUTUS.

Le Destin est trop sage pour marier Venus sans son consentement & en ce cas on sçait le pouvoir que Plutus s'est acquis sur les belles ; si vous l'ignorez, Momus vous l'aprendra, il est sincere.

C

MOMUS.

On m'a fait commandement de ne l'ê-
tre plus ; ainſi vos divinitez ne riſquent
rien à me faire parler.

PLUTUS.

Tenez Momus, ce vilain Directeur de
Cicoples-là prétend me diſputer la main
de Venus, à moi, plus ſouverain du monde que l'époux de Junon, puiſqu'on ne
l'encenſe que pour obtenir mes graces par
ſon credit, à moi plus ſouverain des cœurs
que l'Amour même, puiſqu'il manqueroit
toutes les conquêtes qu'il entreprend ſans
les fléches d'or qu'il tire de ma caiſſe. Ne
remarquez-vous pas que je ſuis aſſiégé par
toutes les belles....

VULCAIN.

Qui ſçavent l'Aritmetique.

PLUTUS.

Ce miſerable Pieton celeſte oſe entrer
en comparaiſon avec moi qui de tous les
Dieux ſuis ſans contredit le mieux en équi-
page, avec moi qui ay tant de valets
noirs & blancs, tant de Griſons au Roïaume du Perou....

MOMUS.

Et tant de Coureurs dans la Province
de Quinquempoix.

PLUTUS.

Avec moi de qui le porte-feuille vaut

cent fois mieux que celui d'Apollon?

VULCAIN.

Oh ! pour le coup Plutus vous ne cou-
chés pas gros.

MOMUS.

A propos du porte-feüille d'Apollon ,
fçavez-vous que je fuis devenu Poëte ?

PLUTUS.

Momus Poëte ! gare les Vaudevilles.
Vous allez remplir tout le Ciel de *flon-
flon*.

MOMUS.

Voulez-vous voir un échantillon de ma
veine, Seigneur Plutus ?

PLUTUS.

Dites, dites, je mé connois à tout moi ;
car j'achette de tout. On ne manque de
rien quand on ne manque point d'argent,
on a des bijoux, des meubles, de la bonne chere, de l'efprit....

VULCAIN.

On voit bien que l'efprit vous coûte,
vous ne le prodiguez pas.

MOMUS.

Taifez-vous donc Vulcain, vous me
volez. Oça, voici mon échantillon.

FABLE III.
Le Singe dépoüillé.

AU siecle où les animaux
Raisonnoient ainsi que l'homme,
Ils en avoient les défauts :
Vitieux au même taux
Modique n'étoit la somme.
Un vieux Singe thesauriseur,
Près de qui chaque jour soûpiroit plus d'un cœur
Pour les beaux yeux de sa Cassette,
Riche animal tres-propre à faire un épouseur
Au goût d'un pere, non au goût d'une fillette,
Pensoit charmer les gens que touchoient ses ducats.
Tel à son coffre fort doit souvent les appas
Qu'il croit devoir à la Nature.
Notre singe bercé de si sotte imposture,
N'accordoit qu'aux flateurs le droit de l'aprocher ;
Les Rossignols chantoient à son petit coucher,
Les Perroquets rimeurs lui consacroient leurs Odes,
Les Renards souples & commodes
Lui fournissoient la poule au lieu de la gruger,
Et plus d'une Guenon d'avances tres-peu chiche,
Pour lui plaire achetant plus d'un attrait postiche,
A l'envi couroit l'assiéger,
Le Magot se croioit aimable autant que riche.
Dans le livre des Comptes faits
Tout autant que d'écus il se trouvoit d'attraits,
S'estimant au total un enfant de Citere
Nouvellement sevré ;
Il devint fat profès, insolent averé ;
Voiez où monte l'insolence,
Elle est sans manquer d'un degré
Le Termometre de finance.
Un jour on dépoüilla le Singe de son or,
En voiant partir le Trésor,
Adieu les Chantres, les Poëtes,
Et les Iris guenons, tant Blondes que Brunettes ;
Tout suivit les écus, tout quitta le Magot,
Il ne lui resta rien qu'un vieux minois fort sot.

VULCAIN *regardant Plutus.*

Qu'un vieux minois fort fot. Monfei-
gneur Plutus a-t-il befoin d'un miroir ?
fe reconnoît-il ?

PLUTUS.

Bon, ce n'eft pas moi que cette fable
regarde, cela ne peut convenir qu'à quel-
qu'Agent de change prêt à voïager *incognito.* Je ne me reconnois point là.

VULCAIN.

Ce n'eft pas la faute de Momus.

MOMUS *à part.*

J'enrage, ces gros richards à force d'ê-
tre gratez par le vin de Champagne & les
flatteurs, ne fentent pas plus les épigram-
mes que le vin de Bourgogne ; on ne les
pique point, à moins qu'on ne leur ferve
des fatires à l'eau de vie....

PLUTUS.

Croiez-moi mon pauvre Vulcain, re-
tournez à votre forge & ne vous mêlez
plus d'aimer, cela ne vous fied pas.

VULCAIN.

Cela ne me fied gueres plus qu'à vous ;
mais je me rends juftice ; je fçai que je ne
fuis pas beau. Cependant tout boiteux que
je fuis, je pourrai bien époufer Venus à
votre barbe dorée.

PLUTUS.

Vous efperez bien hardiment.

VULCAIN.

Je n'ai pas de coffre fort, mais j'ay la protection de Jupiter; il m'a promis de me faire le mari de Venus.

MOMUS *à part*.

C'eſt qu'il en veut être l'Amant. * Puiſque vous avez la protection de Jupiter, vous meritez bien la façon d'une fable nouvelle.

VULCAIN.

Que cela ſoit intelligible au moins.

MOMUS.

Oh ! je ſuis moi un Fabuliſte tiré au clair. Je n'aurai jamais l'affront d'être commenté. Jugez-en Seigneur Vulcain.

* *Haut.*

FABLE IV.

L'Ane marié.

JAdis noble Courſier par avis de parens
Epouſa ſans amour ; c'eſt l'uſage des grands.
Le nouveau Marié paroiſſoit d'encolure
A marcher ſon chemin : c'étoit un franc Courtaut
Dans les haras galans connu par ſon allure,
On ne l'y voïoit pas galoper en badaut
Il y caracoloit, puis décampoit : en ſomme
    Notre cheval vivoit en homme,
    Conſtance n'étoit ſon défaut.
    Un jour de gentille cavale
Il devint amoureux. Sa chaîne conjugale
Ne l'embarraſſoit pas, mais de fringans chevaux
    S'étoient déclaré ſes Rivaux :

Si l'un d'eux époufe l'Infante
Cela recule fon attente ;
Rarement le Favori
Chez un aimable Mari
Etablit d'abord fon gîte :
Quoique près d'un Epoux l'amour paffe bien vite
On l'aime au moins huit jours , & ce retardement
Tout court qu'il eft , impatiente
Un Galand d'humeur petulente
Et curieux du dénoûment.
Tel étoit Dom Courfier : partant ufant d'adreffe
Le Drôle fait fi bien que fa gente Maitreffe
Epoufe un baudet fon vaffal
Qu'il protege avec droit comme fimple animal,
Promettant un Mari nullement équivoque,
De qui la ftructure baroque
Difpenfe une Epoufe d'aimer,
Et cela fans délai : tant bien l'a fçû former
Dame Nature,
Pour être enfin
Mari qu'on juge à fa figure
Digne d'avoir un bon voifin.
Horofcopons un peu : j'aperçoi des oreilles
Aux enfans du Baudet qui ne font pas pareilles
A celles du Papa ; s'il va les mefurer
S'en appercevra-t-il ? je n'en voudrois jurer.

VULCAIN *riant.*

Vous avez raifon ; il ne faut jamais jurer de rien.

PLUTUS.

Oh ! que Vulcain prouve clairement
la jufteffe de cette fable, lorfqu'il fe mé-
connoît dans le baudet....

VULCAIN.

Baudet vous-même , Seigneur Plutus ,
il y a plus d'ânes parmi vos Financiers
que parmi mes Forgerons. Vous avez beau

plaisanter, je me flatte d'être aujourd'hui
l'Epoux de Venus.

PLUTUS.

Eh ! bien dans neuf mois peut-être,
nous aurons des oreilles à mesurer à qui
maître Aliboron ne trouvera pas le super-
flu des siennes. *

VULCAIN.

Mesurez tant qu'il vous plaira, je n'en-
tens rien à tous ces mesurages-là moi.
Adieu mon cher Momus, je crains que
Venus ne s'ennuïe de mon absence.

MOMUS riant.

Cette crainte est fort bien fondée. Parbleu il faut que je suive Vulcain ; la façon dont il calmera les tendres inquiétu-
des qu'il croit avoir excitées dans le cœur
de Venus pourra me fournir une fable sin-
guliere.

* Il sort.

SCENE IX.

MARS seul.

Momus, Momus... il court, je gage,
chercher la nouvelle que je lui vou-
lois aprendre, & qui m'éfraïe tout Mars
que

que je fuis. Le Deſtin a dans ce moment prononcé ſon Arrêt ; il laiſſe à Venus le choix de ſon Epoux & de ſa demeure, & lui défend de differer ce choix qui m'intrigue furieuſement. C'eſt dans une heure & dans ce lieu même que la Déeſſe doit opter entre tous les Adorateurs de ſes charmes. J'apprehende fort qu'elle ne m'honore de la préference. Venus eſt aimable, mais elle m'aime, je ne ſçai pas comment j'ai pû ſouhaiter un moment de l'épouſer... Mais voici un de mes plus redoutables Rivaux. Le blondin Apollon. Il eſt poudré juſqu'aux jarrets ; c'eſt le grand goût....

SCENE X.

MARS, APOLLON.

APOLLON *à part ſans voir Momus.*

REvons un moment ſous ces verds ombrages aux charmes de Venus & à ma tendreſſe. Helas ! que je ſerois heureux ſi je pouvois devenir l'époux de cette aimable Divinité ; quels yeux vifs & touchans ! quelle taille galante ! quels doux attraits ! oh ! si je les possede, que je composerai de vers à leur loüange !

MARS *à part.*

Voions un peu ce qu'il pense de l'oracle du Destin. Abordons-le. * Ah ! Seigneur Apollon, que vous voilà propre ! quelle frisure simetrisée ! vous devez avoir emploïé bien des papillotes, & vous faites bien de ne les pas épargner, vous avez de reste du papier qui n'est bon qu'à cela.

APOLLON.

Mars est toûjours insultant.

MARS.

Et vous toûjours doucereux.

APOLLON.

Vous me raillez. Vous n'ignorez pourtant pas que le sexe aime les beaux esprits.

MARS.

Oüi dans leur Biblioteque, mais dans leur ruelle elles aiment mieux les Guerriers.

APOLLON.

Les Guerriers sçavent-ils amuser les Dames ?

MARS.

Eh ! non vraïment ils ne les amusent pas.

APOLLON.

C'est le bel esprit qui façonne le cœur

* *A Apollon.*

des belles, qui leur aprend le pouvoir de
leurs charmes, qui les celebre dans ses
ouvrages...

MARS.

Fy donc, la maîtresse d'un Guerrier est
cent fois plus connuë que celle d'un bel
esprit.

APOLLON.

Il est vrai que les Guerriers ne taisent
pas plus leurs amours que leurs exploits.
La Gazette est la Confidente de toutes
leurs affaires.

MARS.

A vos discours, je comprens que vous
vous flattez d'accomplir aujourd'hui l'oracle du Destin. Ma foi si vous épousez
Venus, votre Lire l'endormira.

APOLLON *riant*.

Vos Trompettes la réveilleront.

MARS.

Riez tant qu'il vous plaira. La musique guerriere pique plus que vos tons langoureux & j'ai un Timbalier en Thrace
qui je gage divertit mieux les filles de
son quartier que ne feroient les neuf Muses ensemble.

APOLLON.

Allons Mars, je le voi, vous comptez
d'épouser Venus.

D ij

MARS.

Moi non. Je me fuis confulté, je ne vaut rien pour le mariage ; j'aime trop les femmes.

APOLLON.

Fort bien.

MARS.

Et Venus aime trop la fleurette. Moi je ne ferois pas d'humeur à voir cajoler paifiblement mon aimable Epoufe, & à lire avec elle les Madrigaux de fes Galans ; je jetterois quelque Dieu par les fenêtres.

APOLLON.

Quoi vous renoncez à l'himen de Venus.

MARS.

Je m'aperçoi dans ce moment qu'elle vous conviendra mieux qu'à moi. Vous êtes pacifique vous , prudent Apollon , vous ne vous vengerez des infultes conjugales qu'à coups d'épigrames, * tenez fi vous me faites la cour je prierai Venus de vous choifir pour mari , j'ai quelque petit crédit auprés d'elle. .... Mais Momus vient ici , confiez -lui vos peines c'eft un Dieu fort confolant.

* *Ironiquement.*

SCENE XI.

MARS, APOLLON & MOMUS.

MOMUS *sans les voir.*

J'Ai perdu mon temps là-bas. Je n'ai
trouvé que Silene yvre ; j'ai commen-
cé à lui reciter une fable il l'a écoutée affez paifiblement, & s'eft endormi à la morale. Mais * je trouve heureufement Apollon & Mars ! ne manquons pas ceux-ci,
j'y perdrois trop.

MARS.

Ah ! vous voilà Momus ; faites compliment au Dieu du Parnaffe, il va fe marier, il a déja fait tirer pour le feftin quin-
ze douzaines de bouteille d'eau d'hipo-
crene.

APOLLON.

C'eft bien à Mars à me railler, un Dieu
qui n'a que la cape & l'épée !

MOMUS.

Voilà des difcours de Rivaux,

MARS.

Je me connois trop pour entrer en con-

* *Apercevant Apollon & Mars.*

currence chez le fexe avec Apollon ; je
ne pourrois pas tenir contre fes vers, je
deferterois.

APOLLON.

On vous auroit bien de l'obligation,
l'ennui deferteroit avec vous.

MARS *riant*.

Le blond Phœbus me traite d'ennuieux ;
je n'ai pourtant jamais été à fon école.

APOLLON.

Vous ne feriez pas mal d'y venir , on
vous corrigeroit de bien des défauts.

MARS.

Morbleu je n'ai encor trouvé que vous
qui m'ait parlé de défauts ! Tout le monde me louë, on fe relaïe pour m'admirer.

MOMUS.

Oferois-je dire un petit apologue à
Mars l'admiré ?

MARS.

Eh ! quoi Momus, vous qui vous mo-
quez éternellement de nous , vous vous
amufez à faire des vers ! fçavez-vous bien
que c'eft nous donner à tous notre revan-
che ?

MOMUS　*à Apollon*.

Prenez-là. Voici mes vers. Un Lion…
aurez-vous le temps de m'écouter.

APOLLON.

Oüi , Venus que j'avois abordée à deux

pas d'ici m'a prié de ne la pas fuivre pour
éviter les mauvais difcours...
MARS.
Que vous lui auriez tenus.
MOMUS.
Silence.

FABLE V.

Le Lion petit maître.

UN Lion, jeune, brave, étourdi, querelleuf,
Portant longue criniere en boucles naturelles,
Petit maître des bois fort couru des femelles,
Par fes tons petulans, par fa brufque valeur
  Primoit dans les forêts d'Afrique :
Toûjours prêt d'en médire on le loüoit toûjours,
On n'ofoit débiter que fon panegirique,
Et même il impofoit à la langue des Ours,
C'eft comme qui feroit taire un Caffé cauftique,
  Vanité fotte avec fon train
  Logeant dans la tête du Sire
Lui dit que fon merite eft exempt de fatire ;
  Que ne croit pas un efprit vain
  Quand on le flatte ?
Le Lion aplaudi renfle fon omoplate,
Reçoit les Tigres même avec un air hautain,
  Sans daigner leur tendre la pate.
Mais un jour dans fon antre il troûve ce quatrain
  Senfé, mais dangereux ouvrage,
  Que l'Auteur, animal tres-fage,
  N'avoit pas écrit de fa main...

APOLLON.
J'attens le Quatrain avec impatience.
MOMUS.
Tranquilifez-vous, le voilà.

D'un éloge éternel que la verité biffe
Veux-tu sçavoir le prix certain ?
Fier animal guerrier, fais-toi rogner la griffe
Et puis attends l'encens : tu n'en auras un grain.

APOLLON.

Voilà une fable que je trouve aussi bonne.... MARS.

Que si vous l'aviez faite, n'est-ce pas.

APOLLON.

Je lui donne mon aprobation.

MARS.

Parbleu je l'aprouve aussi moi cette fable là.

MOMUS *à Mars.*

En voulez-vous une copie ?

MARS.

Oüida, je la relirai volontiers.

APOLLON.

Plus vous la relirez & moins elle vous plaira, & alors gare la griffe.

MARS.

Je vous pardonne vos aplications en faveur de l'indifference que Venus a pour vous.

APOLLON.

Venus a trop de goût pour ne pas m'aimer. Oubliez-vous sans me targuer ici de mes autres talens, que je suis le maître de cet art enchanteur qui fait parler aux hommes le langage des Dieux.

MARS.

MARS.

Oh ! la Poësie à present n'a pas plus de cours chez les Belles que chez les Banquiers.

APOLLON.

Est-il rien de plus touchant que ma Lire, & de plus séducteur que ma voix ?

MOMUS.

A propos de voix, vous me faites souvenir d'un certain Rossignol qui, à cela près qu'il ne bûvoit que de l'eau, étoit le plus parfait Musicien du monde ; il comptoit sur ses chants pour s'insinuer dans le cœur d'une jeune Linote ; aprenez le destin de ses chansons & de son amour.

FABLE VI.

Le Rossignol amoureux.

Dans un bosquet du Pinde habite un Rossignol.

MARS.

Dans un bosquet du Pinde ! oh ! oh ! ce Rossignol est voisin d'Apollon, vous verrez qu'ils auront de la simpatie.

MOMUS *à Mars.*

Eh ! de grace, arrêtez : a-t-on jamais vû le Commentaire marcher devant le Texte ? quel déreglement !

E

MARS.

Paſſez Monſieur le Texte, paſſez le
Commentaire vous ſuivra de près.

MOMUS.

Dans un boſquet du Pinde habite un Roſſignol
    Doüé d'un goſier métodique,
Chantant à livre ouvert la plus docte muſique
    Tant en B-quarre qu'en B-mol,
Et compoſant lui-même air tendre & cromatique
    En A-mila, B-faſi, G-reſol.
Le fredonant Oiſeau dans ces belles retraites
Croioit par ſa cadence & ſes brillans refrains
      Humilier les Serains
      Et ſéduire les Fauvettes :
Il penſoit leur aprendre en moins d'une leçon
      A ſoûpirer à l'uniſſon.
Il rencontra pourtant un jour une Linote
     Qui le fit bien changer de note :
(Tous les cœurs ne ſont pas le prix d'une chanſon)
      Lorſque l'ingrate trop aimée
      Alloit voltigeant ſous l'Ormeau,
Sur le ton doucereux d'un opera nouveau
Notre Chantre diſoit à ſa belle emplumée.

Momus chante les vers ſuivans tirez du
ſommeil d'Iſſé.

Que d'éclat ! que d'attraits ! contentez-vous mes yeux
    Parcourez tous ſes charmes ;
    Payez-vous s'il ſe peut des larmes
    Qu'on vous a vû verſer pour eux.

A ces tendres accens le regard interdit,
La Linotte charmée auſſi-tôt répondit,
Chantez beau Roſſignol, chantez toûjours de même,
Ah ! vous m'attendriſſez… pour le Moineau que j'aime,
    Vos tons flutez m'ont ſçû ravir,
    Je me croiois dans les bois de Citere ;
      Chantez l'Amour, c'eſt votre affaire,
Mais laiſſez aux Moineaux le ſoin de le ſervir.

MARS à *Apollon*.

Monsieur le Rossignol, voudriez-vous bien me mettre cette fable-là en musique?

APOLLON à *Momus*.

Momus, Momus, vous devriez ménager Apollon, puisque vous êtes dans le goût de composer des fables.

MOMUS.

Bon, bon, on a bien affaire de vous pour cela. Sans les rimes on prendroit mes fables pour de la prose, & il y a même des gens qui malgré les rimes parient que ce ne sont point des vers. C'est une façon de Poësie de mon invention, dont les Muses ne se mêlent point. * Vous en riez, mais je vous promets pourtant que la mode en viendra dans les siecles futurs. Il naîtra des Poëtes sensez, amis *du vrai, du riant, du gratieux & du familier*, enfin des Poëtes tranquilles, de qui les vers seront aussi compassez qu'*un Greffier solaire*.

MARS.

Quel animal est-ce qu'*un Greffier, solaire*.

MOMUS.

C'est ainsi que nous autres *Fabulistes* enjoüez apellons un Cadran au Soleil. Apollon qui est le Dieu du jour, m'a d'abord entendu.

* *Mars rit.*

E ij

APOLLON.

Ma foi non, je ne connoissois pas encor mon *Greffier*. Mais dites-moi un peu Momus, que venez-vous de nous propheti-ser ?

MOMUS.

Des choses sûres & que j'ai lûës moi-même sur l'Agenda du Destin.

APOLLON.

N'y avez-vous point lû par hazard que je serois le mari de Venus ? car enfin je suis à present le meilleur parti du Ciel.

MARS.

Le meilleur parti du Ciel ; un Poëte & un fou !

MOMUS.

C'est même chose, & j'aurois honte
D'un pleönasme decidé.

APOLLON.

J'espere pourtant. je viens de parler à Ve-nus; elle m'a prié gratieusement de m'éloi-gner, en me promettant que lorsqu'elle decideroit son mariage, je serois...

MARS.

Son Faiseur d'épitalame. Adieu, je vous laisse en liberté d'y travailler, je crois que vous le ferez avec plaisir, car j'ai lû dans un livre nouveau que vous étiez *l'obli-geant Apollon*. Au reste ne me regardez

plus comme votre Rival. Venus ne me
charme plus, la gloire feule m'enchante.

MOMUS.

Mars vous aimez la gloire, & c'eſt bienfait à vous. *

APOLLON *à part.*

Comme le Dieu Mars me traite ! Voilà la recompenfe d'avoir fouvent loüé ce
petit brutal-là plus qu'il ne meritoit. Et
vous Monfieur le *Fabuliſte*, vous me le païe-
rez, je vous en répons ; je rendrai compte à Jupiter des beaux ouvrages que vous
débitez, & de plus je vous annonce que
fi jamais vous faites imprimer vos fables
vous ferez bien houfpillé.

MOMUS.

Je prendrai du fecours, je me couvrirai
d'armes défenfives, je me plaftronnerai de
belles images.

* Mars fort.

SCENE XII.

MOMUS *feul.*

MA foi, tous les Dieux n'ont pas le
fens commun ; jamais ils n'ont été
fi ridicules : Jupiter prend bien fon tems
pour m'interdire la raillerie. Sans la ref-
fource des fables, j'aurois fait une jolie

figure aujourd'hui. Chut. Venus aproche.
La bonne besogne qui se presente-là ;

SCENE XIII.

MOMUS, VENUS.

VENUS *à part.*

J'Ai vû de loin Junon qui me cherchoit,
je pense ; car elle quittoit son Epoux.
Sauvons-nous ici & révons à mon sort.

MOMUS *à part.*

Venus réve ! aime-t-elle ? non sa réve-
rie a plûtôt l'air d'une reflexion que d'un
sentiment.

VENUS *toûjours sans voir Momus.*

Quel oracle gênant on m'a prononcé !
le Destin m'ordonne de me choisir moi-
même un Epoux, & il ne me donne
qu'une heure pour me déterminer !

MOMUS *à part.*

Elle reste long-tems seule ! cela m'étonne. Une aimable Coquette doit-elle avoir
le loisir de réver ?

VENUS *à part.*

Tous les Dieux soûpirent pour moi &
ne m'attendrissent pas.... Je les écoute

tous depuis Jupiter jusqu'à Vulcain , cela m'amuse , je perdrai ce plaisir-là si je me marie... Peut-être. Cela dépendra du choix que je ferai. Qu'il est embarrassant ce choix ! qu'il m'attriste ! je ne sçai pas encor quel Epoux j'aurai , & cependant il me déplaît déja.

MOMUS *l'abordant.*

L'avez-vous nommé ?

VENUS.

Qui ?

MOMUS.

Votre mari.

VENUS.

Helas !

MOMUS.

A-t-on jamais soûpiré au mot de mari? quelle incongruité ! parlez-moi franchement vous choisirez Mars ?

VENUS.

Me conseilleriez-vous de prendre un mari qui n'auroit que l'hiver à donner à sa femme ?

MOMUS.

L'année n'est pas trop longue au Calendrier d'une jeune Epouse. Et dites-moi un peu , préférerez-vous pas Apollon? c'est un blondin...

VENUS.

Il m'affadit , ouf.

MOMUS.

Quoi l'idée seule du Dieu du Parnasse
vous fait bailler ?

VENUS.

Eh ! ne voïez-vous pas que c'est Junon
qui me vient relancer jusqu'ici.

SCENE XIV.

MOMUS, VENUS, JUNON.

MOMUS *à part*.

IL y aura ici quelque procès de ma
competence. Junon regarde attentive-
ment Venus, je parie que Junon pense à
Jupiter.

JUNON.

Eh ! bien Déesse, avez-vous choisi un
Epoux ?

VENUS.

Pas encor.

JUNON *aigrement*.

Pas encor ! pas encor ; quelle lenteur ! j'en pénetre la cause.

VENUS.

La cause de ma lenteur n'est-elle point
la cause de votre vivacité ?

JUNON

JUNON *aigrement.*

Vous plaifantez. Vous feriez mieux de me demander mes fentimens fur votre conduite.   **VENUS.**

Vos fentimens ? je les fçai.

JUNON *trés-aigrement.*

Eh ! qui a pû vous en inftruire ?

VENUS.

Votre ton de voix.

JUNON *plus aigrement.*

Mon ton de voix ! mon ton de voix !

MOMUS *à part.*

Qu'il eft tendre & touchant !

JUNON.

Mon ton de voix vous a donc dit que je vous confeillois d'époufer quelque Dieu marin, & d'aller au plus vite habiter fous les ondes avec les Tritons & les Marfoüins.

MOMUS *bas.*

Elle met Venus en bonne compagnie.

JUNON.

Finiffez, finiffez tout ce commerce de coquetterie qui étoit inconnu dans le mon-de avant votre naiffance. Car fçachez qu'avant votre naiffance toutes nos Déef-fes étoient prudes....

VENUS.

Elles étoient donc bien ennuieufes.

JUNON.

L'efprit feul regnoit dans nos conver-fations.   F

MOMUS.

Eh ! que faifoit le cœur ?

JUNON.

Il écoutoit les leçons de l'efprit. On le nourriſſoit dans nos cercles de bonnes & longues diſſertations ſur l'eſtime, ſur la délicateſſe, ſur le reſpect...

VENUS.

Que d'opium ! le cœur n'en crevoit-il pas ?

JUNON.

Le cœur ! on lui ſervoit de ces Romans pudiques où la paſſion la plus vive n'arrivoit à ſon but qu'après avoir franchi douze gros Tomes... Vous les avez furieuſement abregez !

MOMUS.

Pour la commodité des Lecteurs.

JUNON.

Tenez, demandez à Momus ce qu'on dit de la vie que vous menez. Parlez Momus, parlez.

MOMUS *à part.*

Elle me veut mettre de moitié de ſes médiſances ; quelle generoſité !

JUNON.

Parlez donc, Momus.

MOMUS.

Jadis regnoit une Levrette...

JUNON.

Il est bien question de cela.

MOMUS.

De grace auguste Junon , écoutez une fable que j'ai composée , le fait est de votre competence , *j'y peins le merite d'un chien.*

JUNON.

Voilà un fort fot compliment.

MOMUS.

C'est une galanterie de *Fabuliste*. Vous ignorez donc que je le suis devenu ? oh ! bien , je vais vous le prouver par un apologue des plus modernes. Il est intitulé *la Levrette coquette.*

JUNON *à part.*

La Levrette coquette ; je crois deviner son dessein. * Contez-nous Momus , contez-nous l'aventure de votre Levrette.

VENUS *touchant à ses cheveux & se mirant.*

Oüi , contez , tandis que je racommode ma coëffure.

MOMUS *à part.*

Voilà l'attention des Déesses quand on leur parle de morale.

JUNON.

Dépêchez-vous donc , je séche , je séche.

MOMUS.

Je vais commencer ; mes Dames , faites-

* *Haut.*

moi l'honneur de vous taire si vous le
pouvez.

FABLE VII.

La Levrette Coquette.

Jadis regnoit une Levrette ,
Belle : on manque les cœurs avec de la beauté ;
Mais la Fripone étoit habilement coquette,
Ce talent-ci fondoit sa souveraineté.
Marquise étoit son nom dans les chenils vanté.
Épagneuls & Bichons, vieux Barbets , Matins même,
Sur cent tons differens lui japoient, je vous aime.
Tantôt elle écoutoit les chiens au grand colier,
Et tantôt les Roquets.

JUNON.

Et tantôt les Roquets ! que cela est
bien veritable !! tenez je la surpris hier
dans un cabinet de verdure avec le petit
Zephire.

MOMUS.

Une Levrette avec Zephire !

JUNON.

Achevez vôtre fable , Momus, achevez votre fable , elle est jolie.

MOMUS.

Je comptois bien sur vôtre aprobation,
Et sur votre interruption. Revenons à
notre petite chienne.

Tantôt elle écoutoit les chiens au grand colier
Et tantôt les Roquets. La Levrette volage
Recevoit chaque jour quelque nouvel hommage ,
D'adorateurs elle avoit un millier :

C'étoit comme une Loterie,
Mais point de billets blancs, chacun avoit son lot ;
   A l'un une minauderie
A l'autre un coup de pate, enfin coquetterie
Regaloit à leur tour le Dogue & le Ragot
   Et cela sans mesquinerie.
Chacun d'eux se croioit l'amant le mieux traité ;
   Car à present dans l'amoureux empire
Tout pense en petit maître & d'un pareil délire
   Nul animal n'est excepté.
A sa toilette un soir, gratieuse & badine
Marquise en aboïant d'une façon poupine
   Vous enchantoit le cercle Chien
Dont son petit museau faisoit tout l'entretien.

JUNON.

Petit museau est là finement placé ;

MOMUS.

Eh ! Madame ne m'interrompez plus.
Renoncez au privilege de votre sexe pour
une minute seulement ; je sçai que c'est
vous demander un grand sacrifice ; mais
si vous voulez entendre ma fable...

JUNON.

Je me tais. Recommencez au petit museau, c'est le petit museau qui m'a égaïée
&...

MOMUS.

a Peste du museau b qui ne sçauroit se
taire.

JUNON.

Allons, Momus, allons au dénoûment.

a *Haut.* b *Bas.*

MOMUS.

A sa toilette, un soir, gratieuse & badine
Marquise en aboïant d'une façon poupine
Vous enchantoit le cercle Chien
Dont son petit museau. . .

JUNON.

Dont son petit museau faisoit tout l'entretien!

MOMUS *lui fait une mine & elle
lui répond par une autre qu'elle ne dira plus rien.*

Il entra par hazard, & tout à la franquette
Un Braque Philosophe ainsi point langoureux,
Sincere, peu friand des ragoûts amoureux
Et qui chez Lionnois n'alloit à la guinguette.
Je ne viens pas, dit-il, pour vous compter fleurette
Marquise, en attirant ce cortege nombreux
Vous croiez donc jouïr d'une gloire complette ?
Erreur : aprenez Folette,
Ce qui grossit votre Coûr
C'est l'espoir & non l'amour.
S'attacher près d'une Coquette,
Ce n'est pas aimer la beauté
C'est haïr la difficulté.

JUNON *ésoufflée.*

Est-ce-là tout ?

MOMUS.

Oüi, rentrez dans vos droits.

JUNON.

Oh ! que l'on reconnoît bien dans cette fable-là, ces petites minaudieres qui
s'imaginent devoir à leurs charmes seuls
l'assiduité de mille Amans qui ne cher-

chent auprès d'elles que la commodité du commerce. Ces belles se trompent fort quand elles mettent sur le compte de leurs appas ce qui doit être sur celui de leurs complaisances. Nous * avons des Déesses levrettes.

VENUS.

Et des Dieux levriers, sur-tout pour fuir leurs femmes.

JUNON.

Je vous entens, je vous entens. Je sçai que vous me dérobez Jupiter ; mais je lui reprocherai tant sa honteuse inconstance que je l'en corrigerai. Quand je le tiens dans le particulier, je ne suis pas muette.

MOMUS.

Pour lui dans le tête à tête il n'a rien à vous dire.

JUNON.

Je le gronderai tant, je le gronderai tant, que je le forcerai de me rendre sa tendresse ; je ne comprens pas son éloignement pour moi, j'ai de la vertu, il ne l'ignore pas.

VENUS.

Il n'a garde de l'ignorer, vous lui en parlez soir & matin.

MOMUS.

J'ai encor une fable nouvelle à vous débiter.

* Souriant à Venus.

JUNON.

Débitez, Momus, débitez ; j'aime vos
vers à la folie.

MOMUS.

Cette fable-ci est intitulée *la Poule
prude.*

VENUS.

Ah ! contez-moi celle-là Momus. La
Poule prude, contez-moi celle-là.

JUNON.

Contez & soiez court, je prévoi de
l'ennui.

MOMUS *bas.*

C'est que vous prévoïez l'aplication.

VENUS.

Commencez, je ne vous interrompraï
pas moi.

MOMUS.

C'est que vous n'aimez pas les plaisirs
interrompus : C'est s'y connoître. * Voici
ma Poule prude.

* *Il fait un signe à Venus & lui montre Junon.*

FABLE VIII.

La Poule prude.

UNe Poule arrogante & prude
Devint femme d'un maître Cocq ;
Qui pourtant n'exerçoit avec exactitude
Sa charge de Mari. Le Drôle aimoit le troc.

Dans

Dans le commerce de Citére,
Bien sçavoit de l'amour marchander les douceurs,
Et changer de plaifir étoit fa feule affaire,
Les femmes n'aiment pas de pareils Brocanteurs.
    Souple par fois, fouvent hautaine,
La Poule fa moitié, fur un ton aigre-doux
Tant prône fa vertu, tant prêche fon Epoux
    Qu'enfin fa Rétorique eft vaine;
Tant demande d'amour qu'elle obtient de la haine.
Que lui répond le Cocq las d'être tant cheri?
    Rien : il en ufe en honnête Mari.
Il s'en va doucement chez de jeunes Poulettes
Se prier à fouper pour paffer fon chagrin,
Bien avant dans la nuit on pouffe le feftin;
    On l'entremêle d'amourettes;
Le Cocq fe defennuïe; on le confole, enfin
La confolation dure jufqu'au matin.

VENUS.

Le pauvre Cocq!

MOMUS.

Helas! que de maris feroient fuffo-
quez de trifteffe dans leurs ménages fans
le fecours des beautez confolatrices.

VENUS.

Pour moi je ne puis fuporter les Prudes, adieu. *

MOMUS.

Mais...

VENUS.

Mais je n'ai plus que quelques momens
à fonger au choix qu'on m'impofe, fouf-
frez que j'en profite.

* *En regardant Junon elle fort & Momus l'arrête.*

G

MOMUS.

Belle Venus vous me boudez.

VENUS.

Non ; la Levrette vous pardonne. [a]

MOMUS.   à Junon

La bonne chienne ! & vous, ne me direz-
vous rien de ma derniere fable ?

JUNON.

Je dis qu'il s'en faut bien qu'elle soit
aussi jolie que celle de la Levrette ; si vous
en faites souvent de cette tournure - là,
je ne vous conseille pas de les faire imprimer.

MOMUS.

Oh ! non seulement je les ferai imprimer, mais je vous les dédirai.

JUNON *s'enfuiant*.

Misericorde.

MOMUS *seul*.

Voilà comme on reçoit à present les Epi-
tres dédicatoires... [b] mais quelle aimable
enfant vient ici ? C'est Æglé cette jeune
Nimphe de la suite d'Hebé que Zephire
suivoit par tout avant l'arrivée de Venus.
Le charmant sujet à mettre en œuvre
pour un *Fabuliste* ! voici pour le coup du
riant & du neuf.

a *Venus sort.* b *Appercevant Æglé.*

SCENE XV.

MOMUS, ÆGLE'.

MOMUS.

Bonjour aimable petite Nimphe, quel-le inquietude paroît dans vos yeux ?

ÆGLE'.

Vous sçavez bien que je ne vois plus Zephire.

MOMUS.

[a] Quelle ingenuité ! [b] oh ! l'amour de Zephire n'est pas sédentaire. C'est un petit inconstant toûjours en l'air qui ne fait que voltiger & qu'une belle amuse, mais qu'elle n'arrête pas.

ÆGLE'.

Ma raison devoit me dire ce que vous me dites-là.

MOMUS.

Hom, la raison d'une personne de votre âge n'est pas causeuse. La raison ne parle ordinairement contre les passions que quand elles se taisent, & ce n'est pas dans une beauté de quatorze ans qu'elles sçavent

[a] *A part.* [b] *Haut.*

G ij

garder le silence. Tenez, charmante Ægle, la raison reſſemble à ces petits Bichons grogneurs qui aboïent après les grands chiens. Si les grands chiens paſſent leur chemin, le Bichon jappe toûjours, ſi les grands chiens ſe retournent, le Bichon s'enfuit.

ÆGLE'.

Oh ! que la raiſon eſt un vilain Bichon ?

MOMUS.

Oça, parlez-moi à cœur ouvert, votre Amant eſt donc infidelle ?

ÆGLE'.

Helas ! il vole ſans ceſſe ſur les pas de Venus.

MOMUS.

Quand Zephire eſt volage il fait ſon métier ; c'eſt le Dieu des Papillons & des petits Maîtres.

ÆGLE'.

Oh ! le petit ſcelerat ! que je le haïs !

MOMUS.

Je m'accommoderois bien de cette haîne-là, moi.

ÆGLE'.

Vous n'êtes pas difficile en ſentimens.

MOMUS.

Vous n'y êtes pas connoiſſeuſe, vous.

ÆGLE'.

Non, je ne comprens pas comment Zephire a pû m'abandonner.

MOMUS.

Que faisiez-vous pour le retenir ?

ÆGLE'.

Je l'aimois avec une parfaite sincerité.

MOMUS.

Une parfaite sincerité ! quelle imperfection extraordinaire dans une jolie personne !

ÆGLE'.

Je préferois Zephire à tous ses Rivaux, & je le préferois aux yeux de tout le monde.

MOMUS.

Autre bévûë : il ne faut jamais préferer l'Amant aimé qu'à huis clos.

ÆGLE'.

Dès qu'il m'eût dit qu'il m'aimoit, je lui répondis aussi-tôt en soûpirant que je l'aimois aussi.

MOMUS.

Vous êtes trop exacte à faire réponse.

ÆGLE'.

Jamais je ne lui ai fait éprouver de mépris, ni même de colere. Je ne lui cachois rien de l'excés de ma tendresse, je le cherchois incessamment.

MOMUS *riant.*

Vous le cherchez inceſſamment, & vous
vous étonnez de ce qu'il vous fuit ?

ÆGLE'.

Faut-il d'autre ſecret pour fixer un
Amant que de lui donner ſon cœur ſans
reſerve ?

MOMUS.

Sans reſerve, vous ſçavez-là un beau
ſecret, écoutez, trop naïve Æglé, un
petit conte fait exprès pour les petites
Nimphes qui donnent leur cœur ſans reſerve.

ÆGLE'.

Ce petit conte-là m'aprendra-t-il à ra-
mener Zephire auprès de moi ?

MOMUS.

Il vous aprendra davantage. Il vous
montrera l'art de conſerver dix ans une
trentaine de cœurs ſans déchet d'un ſoû-
pir. Ecoutez. *La dragée.* C'eſt du nanan
que cette fable-là. *La dragée !* je voi,
ma belle enfant que le titre m'attire déja
votre attention. Je commence.

FABLE IX.

La Dragée.

Pendant la Fête ſaturnale,
Quand les jeux & les ris font taire la morale

Et chargent feulement Baccus de les mener;
Un Philofophe gai, c'eft-là la bonne efpece,
Quel fleau qu'un efprit fans grace & fans fineffe
Et qui ne peut que raifonner!
Raifonneur qui fçait badiner
Efface à mon avis les fept Sages de Grece.
Un jour donc un fage badin....

Je m'aperçoi que les mots de Sage & de Raifonneur vous éfarouchent.

ÆGLE'.

Eh ! mais vous intitulés votre fable *la Dragée*, & il me femble que vous ne la rempliffez que de Philofophie. Cela n'eft pas trop fucré.

MOMUS.

Pardonnez-moi ce petit écart-là ; les apologues ne font que de naître dans mon cerveau ; quand on commence une carriere qu'on ne connoît pas, il eft permis d'y broncher ; on excufe dans l'Inventeur d'un Art ce que l'on condamne dans fes Succeffeurs. Je conviens que j'ai tort, mon aimable enfant, de vous fervir de la métaphifique dans une fable, mais les *Fabuliftes* qui viendront après moi ne feront point de ces fottifes-là. Je retourne à mon Sage.

Un jour donc un fage badin
Dans le marché d'Athene alla dès le matin
Préfenter comme emblême un point de fa doctrine,
Notre Docteur folatre une ligne à la main

Faifant au bout d'un fil fauter une Praline,
Raffembla fur fes pas une troupe enfantine ;
Il leur crioit. Mignons, c'eft pour vous ce butin :
Enfans, d'ouvrir la bouche & l'Orateur malin
De tourner le poignet : Praline fugitive
Echape aux afpirans & voltige dans l'air,
Elle aproche, elle fuit, paffe comme un éclair
Près des petits gofiers : la Cohorte attentive
Ne la perd point de vûë & ne fe laffe pas
De gober . . quoi ? du vent. Qu'efperance a d'appas !
  Mais voilà qu'un gourmand alerte
Atrape le bonbon, adieu tout le fracas ;
On plante là mon Sage & fa Cour eft deferte.
   Certaine Brune en rit
   Et notre homme lui dit.
  Dès que la Praline eft grugée
C'eft ainfi que s'en vont les matinots triomphans ;
  Belles, les amours font enfans
  Ne leur lâchez pas la dragée.

Hem. M'entendez-vous, charmante petite Nimphe ?

ÆGLÉ.

Je croi que vous voulez dire qu'il n'eft
pas fage de montrer à un Amant tout ce
que l'on reffent pour lui, & que le vrai
moïen de l'attirer eft de le fçavoir fuir à
propos.

MOMUS.

Quelle pénétration ! il n'y a plus d'enfans : ma foi je me retracte, les idées Phi-
lofophiques ne font pas déplacées dans les
apologues, & je confeille à mes Succeffeurs d'en farcir leurs ouvrages. Hélas ! les
geniés heureux font fi rares que la pofte-
rité ne fournira peut-être pas un feul *Fa-*
bulifte

buliste qui ait assez de naturel pour être Métaphisicien.

ÆGLE'.

Je vous promets que je profiterai de votre fable.

MOMUS.

Vous êtes la premiere qui m'ait fait cette promesse-là.

ÆGLE'.

Assûrément je me corrigerai.

MOMUS.

Ce que c'est que d'être enfant, on s'imagine pouvoir se corriger !

ÆGLE'.

Oüi, oüi. Je me corrigerai. Je me garderai bien de donner des dragées à mes Amans.

MOMUS.

Bon cela.

ÆGLE'.

Ils n'auront que du chicotin.

MOMUS.

Encor mieux.

ÆGLE'.

Adieu, Momus, je vais un peu voir ce que fait Zephire.

MOMUS.

Quel retour ! voilà une jeune enfant bien corrigée.

H

ÆGLE'.

Ne vous mettez pas en peine. Je ne fuivrai Zephire qu'en le fuïant, & je le verrai fans le regarder.

MOMUS.

Oh ! pour le coup vous fçavez votre leçon.

ÆGLE'.

Fiez-vous à moi, je n'oublirai pas votre Docteur à la Praline.

SCENE XVI.

MOMUS, MERCURE.

MOMUS à part.

OU va Mercure ? Venus l'auroit-elle choifi pour fon Epoux ? il a l'air bien content !

MERCURE.

Ah ! je vous trouve heureufement Monfieur le *Fabulifte* ! on a rendu compte à Jupiter de vos gentilleffes…

MOMUS allarmé.

Quoi ?

MERCURE.

On lui a expofé les jolis portraits que

vous faites des Dieux. Il vous attend pour vous suplier tres-humblement de travailler au sien.

MOMUS *à part*.
Cette Ambassade-ci ne vaut rien.

MERCURE.
Je me suis chargé avec un tres-grand plaisir de la commission que m'a donnée Jupiter, de vous avertir d'aller recevoir les lauriers qu'il prépare à votre nouveau talent ? voulez-vous bien me permettre de vous accompagner à l'audience ?

MOMUS *à part*.
Allons trouver Jupiter ; j'aurai là une terrible fable à composer.

SCENE XVII.

MOMUS, MERCURE, JUPITER.

MERCURE.

Allons donc spirituel Momus, venez entendre l'éloge que vous meritez. Vous ne vous pressez pas. Vous craignez les loüanges. Quelle modestie ! mais tenez, Jupiter a tant de consideration pour vous qu'il vous épargne la peine de l'al-

ler trouver... * Maître des Dieux voilà
Momus qui vient vous reciter ses Poësies
nouvelles.

JUPITER *aigrement*.

Je vais lui parler, je vais lui parler.

MOMUS.

Vous êtes peut-être en affaire serieuse
avec Mercure. Je reviendrai dans deux
ou trois heures.

JUPITER.

Restes-là, ou...

MOMUS.

J'attendrai tant qu'il vous plaira.

JUPITER *à Mercure*.

Mercure, l'heure fatale prescrite à Venus vient de sonner, avertissez tous les
Dieux de se trouver ici.

MERCURE.

Ils sont tous dans l'allée prochaine di-
stribuez par pelotons comme des Nouvel-
listes, ils attendent Venus qui se promene
seule plus loin en rêvant.

JUPITER *à part*.

Ouais, Venus a bien de la peine à se déterminer. Me serois-je livré à des espe-
rances trompeuses ?

MOMUS *à part*.

Ouf ! il ne me vient point de fables
pour apaiser Jupiter. Ce Dieu-là est difficile à *fabuliser*.

____

* *A Jupiter.*

JUPITER *à Mercure.*

Quoi te voilà encor ? est-ce ainsi que tu suis mes ordres ? *

MOMUS *à part.*

Je croi que Jupiter m'a oublié. Déménageons sans éclat.

* *Mercure sort & Jupiter rêve un moment.*

SCENE XVIII.

JUPITER, MOMUS.

JUPITER.

Holà, vous vous impatientez donc agréable Momus ?

MOMUS *doucement.*

Moi m'impatienter auprès du grand Jupiter ?

JUPITER.

Quelle douceur d'esprit. Je ne m'étonne plus si j'ai tant à me loüer de votre obéïssance ! on dit que depuis que je vous ai défendu de médire, vous n'avez pas cessé un instant de le faire.

MOMUS.

Quelle horrible calomnie ! vous pouvez demander de mes nouvelles à tous les Dieux & Déesses que j'ai vûs.

JUPITER.

Et ce font eux-mêmes qui font vos ac-
cufateurs.

MOMUS.

Oh ! les ingrats ! je n'ai pas glofé un
feul moment fur leur perfonne & fur leur
conduite. Je ne leur ai recité que des fables qu'ils ont eu la politeffe de s'expliquer
les uns aux autres.

JUPITER.

Vous avez compofé des fables, on ne
m'avoit pas bien détaillé cela.

MOMUS.

C'eft la coûtume des faifeurs de ra-
ports, ils ne détaillent que ce qui noircit
& fupriment ce qui juftifie.

JUPITER *riant*.

Momus Poëte !

MOMUS.

Je vous ai cette obligation là. Oüi grace à l'efclavage ou vous avez reduit ma
langue, je fuis l'Inventeur des fables. On
aura peut-être de l'indulgence pour mon
coup d'effai. Rien n'eft fi commode que
de n'avoir point de modele, on ne vous
y compare pas, & c'eft un profit tout
clair.

JUPITER *hochant la tête*.

Hom, il vous fera échapé quelque raillerie.

MOMUS.

Je n'en ai point débité sans envelopes,
pourquoi les déplioit-on ?

JUPITER.

Je ne suis pas à present en situation
d'examiner à fonds votre procès. Je m'in-
formerai plus amplement si vous n'avez
pas contrevenu à mes ordres & encouru
la punition que....,

MOMUS.

De grace, ne me jugez pas à la rigueur,
je pourrois bien avoir laissé passer quelque verité legere, cela se glisse comme
une anguille. Tenez voici mon excuse.

FABLE X.

Le Pot feslé.

Un Curieux en porcelaine
Des terres du Japon utile Admirateur,
　　Seigneur d'un fragile domaine
　　Et Gentilhomme Brocanteur,
Avoit un vase exquis, mais feslé : l'ouverture
　　Lui parut facile à boucher ;
Il le fait dextrement, ensuite il va chercher
De l'eau claire & la verse au vase, autre feslure :
　　Le Curieux interdit & moüillé
Loin de casser le Pot le soigne davantage ;
* Voilà votre leçon & voilà mon image,
Le sincere est un pot en cent endroits feslé
　　Qu'il faut que l'on ménage.

* *A Jupiter.*

JUPITER.

Pour moi, Momus, je ne suis pas curieux de votre porcelaine, quand j'ai des
pots feslez je les casse.

MOMUS.

Quartier.

SCENE XIX.

JUPITER, MOMUS, MERCURE.

MERCURE.

TOute la Cour celeste seroit déja arrivée sans l'accident qui a surpris l'auguste Junon ; elle vient de se jetter sur son
lit, les fables de Momus lui ont causé des
vapeurs qui lui ôtent la parole.

JUPITER *bas*.

Que ces vapeurs-là viennent à propos !
Junon auroit fait ici du vacarme.

MOMUS *bas*.

Les vapeurs de Junon sollicitent mon
amniftie auprès de Jupiter.

JUPITER *haut à Mercure*.

Eft-il bien vrai ? Junon a des vapeurs qui
l'empêchent de parler ?

MERCURE

MERCURE *montrant Momus.*

Oüi. Elle doit cela à Monsieur le *Fa-*
buliste.

MOMUS *à Jupiter.*

Vous voïez l'utilité des fables.

JUPITER.

Paix ; ne parlons plus de cela ; je te pardonne à cause de l'invention.

MOMUS *bas.*

Et des vapeurs.

JUPITER.

Prens soin de déguiser toujours la satire.

MOMUS.

N'est-il pas vrai, que la verité n'est jolie que sous le masque ?

MERCURE.

Venus avance suivie des Dieux.

SCENE XX.

JUPITER, VENUS, NEPTUNE, MARS, APOLLON, PLUTUS, MERCURE, VULCAIN, MO-MUS, ÆGLÉ.

JUPITER.

Dieux & Déesses vous devez obéïr
comme moi à l'oracle que le Destin

I

a prononcé aujourd'hui. Il veut & cela
fous des peines tres-feveres, fi on élude fon
ordonnance que Venus choififfe elle-mê-
me prefentement un Epoux & une habi-
tation. Elle eft libre de retourner chez
Neptune ou d'orner l'Olimpe de fes charmes.

VENUS *regardant gratieufement Jupiter.*

Le Deftin me fait trop d'honneur de
me déferer un pareil choix. Il n'eft pas
aifé de fe déterminer entre tant de Dieux
d'un merite diftingué.

MOMUS *à part.*

Le plaifant fpectacle qu'une coquette
forcée d'opter publiquement!

VENUS *regardant tous les Dieux en minaudant.*

Allons, obéiffons au Deftin.

NEPTUNE.

Souvenez-vous que je fuis vôtre Tuteur.

MOMUS *à part.*

Il lui rapelle ce qu'il falloit lui faire
oublier.

PLUTUS *à Venus.*

Songez à mon opulence & que vous
avez reçû tous les bijoux que je vous ai
envoïez.

APOLLON *à Venus.*

Vous avez auffi reçû toutes mes Epi-
tres en vers marotiques.

MOMUS *à part.*

Cette seconde recette-ci ne vaut pas la premiere.

MERCURE *bas à Venus.*

Ne m'oubliez pas.

VENUS *regardant Mars.*

Mars est bien tranquile : ne m'aime-t-il plus ? Je l'épouserois pour le punir , si je le croïois inconstant.

MARS *vivement.*

Ah ! je suis fidele.

MOMUS *regardant malicieusement Jupiter.*

Il y a ici des prétendans qui ne parlent pas de leurs prétentions quoi qu'ils s'en souviennent fort bien , mais le jugement arrête la memoire & l'imagination.... Voulez-vous tous entendre une fable bien naturelle sur ce sujet-là ?

Dom Jugement , Dame Memoire
Et Demoiselle Imagination....

JUPITER.

Alte-là , Demoiselle Imagination est une folle qui va vous égarer. Allons , aimable Venus , ne balancez pas davantage , choisissez un mari & une demeure.

VENUS.

Allons. * Si je choisis un Epoux aimable , tous ses Rivaux perdront l'esperance

* *Bas.*

& moi je perdrai leur hommage. Cette réflexion me détermine. [a] Allons, je donne la préference à celui de tous mes Amans qui s'est montré le plus discret.

VULCAIN.

C'est moi, c'est moi qui suis le plus discret, car je ne me suis pas vanté de la protection de Jupiter...

JUPITER.

[b] Euh ! le benais ! [c] laissez parler la Déesse.

VENUS.

Oüi, c'est Vulcain que je choisis pour mon mari, & je prie Jupiter de me permettre de rester dans le Ciel.

MOMUS.

Il aura bien de la peine à vous accorder cette permission-là.

JUPITER *à Momus.*

Monsieur le *Fabuliste* ne nous broüillons pas ensemble. [d] Aimable Venus, j'aprouve vos deux choix.

APOLLON.

On ne dira pas que la Mere de l'Amour ait suivi en se mariant le conseil de son fils.

MOMUS.

Eh ! quoi Apollon vous êtes fâché de ce qu'on vous préfere Vulcain ? C'est que vous ne sçavez pas la distinction galante *du desirant & du jouissant.*

a *Haut.* b *Bas.* c *Haut.* d *A Venus.*

Le desirant ne voit que la tête & le corps...

MARS.

La tête & le corps ! parbleu cela est bien honnête !

NEPTUNE *à Vulcain.*

Seigneur Vulcain vous serez le Fondateur d'une societé bien nombreuse.

MERCURE *à Vulcain.*

Vous verrez souvent Mercure chez vous.

MARS.

Quant à moi j'y passerai mes quartiers d'hiver.

VULCAIN *à Mars & Mercure.*

Vous serez les bienvenus.* Au moins Seigneur Jupiter, vous m'avez promis que vous feriez les frais de ma nôce.

MOMUS *à Vulcain.*

Allez, soïez sûr qu'il n'épargnera rien à votre nôce. C'est un Dieu à y prendre tout sur son compte, & à ne vous y laisser rien à faire.

JUPITER.

Que tout l'Olimpe se réjouïsse du choix de Venus.

MOMUS.

Effectivement, il y a là dequoi se réjouïr,

* *Jupiter.*

SCENE DERNIERE.
LES DIEUX & DE'ESSES

Forment un divertissement pour ce-
lebrer le Mariage de Vulcain &
de Venus.

MARS.

Parbleu Momus, puisqu'Apollon n'y
a pas pourvû, brusquons à nous deux
l'épitalame du bon Vulcain.

MOMUS.

Tope.

A DEUX.

L'himen triomphe sans l'amour ;
Ah ! qu'il fera souvent ce qu'il fait en ce jour.

MOMUS.

Bien souvent l'himen outrage
Et l'Amour & ses Sujets.
Il dérobe le partage
Des cœurs tendres & discrets,
Mais l'Amour s'en dédommage
Par mille larcins secrets.

MARS.

Tendres cœurs, ce Dieu barbare
Se plaît à vous desunir ;
Mais l'Amour plus fin repare
Ce qu'il n'a pû prévenir,
Amant que l'himen separe
Vous sçavez bien l'en punir.

MOMUS & MARS.

Chantons Vulcain, chantons sa gloire.

MOMUS. MARS.

Il épouse Venus ; que nôtre sort est doux !

MOMUS.

Les plus aimables Dieux lui cedent la victoire ;

MARS.

Lui seul a des Rivaux qui ne sont point jaloux.

MOMUS & MARS.

Chantons Vulcain, chantons sa gloire,
Il deviendra dans l'histoire
Le modele des Époux.

✠

À la fin du divertissement Momus avance & propose aux Dieux de composer des fables à son exemple.

MOMUS.

Allons Dieux & Déesses pour n'avoir rien à me reprocher, composez tous une fable sur un Vaudeville que je vais chanter. Nous autres Dieux nous sçavons tout faire & à l'impromptu encor ; c'est où nous brillons.

VULCAIN.

Quoi Vulcain deviendroit *Fabuliste ?*

MOMUS.

Eh ! pourquoi non ? il faut que tout le monde s'en mêle. Nous prions cependant la compagnie de ne point sifler nos fables qu'elles ne soient imprimées.

VAUDEVILLE *en Fables.*

MOMUS.

UN vieux Bichon voulant devenir pere
Trouva parti malgré son poil crasseux;
Dix jours après sa Bichone fut mere,
Et lui donna trois Braques vigoureux.
Mari barbon, ma fable est-elle obscure?
    Lure lure.
Quelque Cadet l'expliquera.
    Lare larela.

VENUS.

Rien n'est si beau qu'un cœur tendre & fidele;
L'oiseau Phénix fut copié d'après.
Il n'en est qu'un; c'est un rare modele,
Il n'en est qu'un que l'on ne voit jamais.
Cœurs Papillons ma fable est-elle obscure?
    Lure lure
Votre Belle l'expliquera,
    Lare larela.

VULCAIN.

Un gros Baudet moyennant grosse usure
Prêtoit du foin à de jeunes chevaux.
A l'échéance il fit sa procédure
Et ne tira rentes ni capitaux.
Agioteur, ma fable est-elle obscure?
    Lure lure
Quelque Gascon l'expliquera.
    Lare larela.

ÆGLE' *à Momus.*

Une Souris tres-jeune & sans finesse
Fut au conseil sur certain petit Chat;
Instruite alors à fuir avec adresse
Pour la Souris le Minet prit un Rat.
Momus, j'ai vû Zephire & je vous jure
    Lure lure
La Dragée opere déja.
    Lare larela.

Un

MARS.

Un Epervier jeune penfionaire
Chez un Corbeau prenoit un fi bon pied ,
Que le Corbeau mari fexagénaire
De fa moitié n'avoit que la moitié.
Noir Procureur ma fable eft-elle obfcure ?
    Lure lure
Votre Clerc vous l'expliquera.
    Lare larela.

Une Nimphe d'Hebé.

Un Sot Oifon entêté de Mufique
D'une Fauvette étoit le Pourvoïeur ;
Il fe croioit chez elle Acteur unique
Et cependant il n'y chantoit qu'en Chœur.
Quoi qu'en chanfon ma fable eft-elle obfcure ?
    Lure lure
Le chant n'obfcurcit point cela.
    Lare larela.

2. *Nimphe d'Hebé.*

Un Chat fripon quoi qu'en bonne cuifine
Va dérober dans les plats du voifin ;
Morceau de lard qu'il croque à la fourdine
Le pique plus que le roft le plus fin.
Mari coquet ma fable eft-elle obfcure ?
    Lure lure
Votre femme l'expliquera.
    Lare larela.

MOMUS *aux Spectateurs.*

Un Moineau franc chantoit dans un bocage ,
Pour auditeurs il avoit des Sereins ,
Oifeaux choifis, Connoiffeurs en ramage ;
Leur a-t-il plû ? Moineau pour toi je crains.
Adieu Meffieurs , ma fable eft-elle obfcure ?
    Lure lure
Le Parterre l'expliquera.
    Lare larela.

FIN.

K

nulle façon que ce soit, ni sous quelque prétexte que ce
puisse être, même d'en vendre des Exemplaires contrefaits
ou d'Impression étrangere, sans la permission expresse ou
par écrit dudit Exposant ou de ses Aïans cause, à peine
de confiscation des Exemplaires contrefaits, de trois cens
livres d'amende contre chacun des Contrevenans, dont un
tiers au Dénonciateur, & l'autre tiers audit Exposant &
de tous dépens, dommages & interêts, à la Charge que
l'impression en sera faite en notre Roïaume & non ailleurs,
en beaux papiers & en beaux caracteres, conformément
aux Reglemens pour la Librairie, & qu'avant d'exposer en
vente ledit Livre, il en sera mis deux Exemplaires en notre Biblioteque, un en celle de notre Cabinet des Livres
de notre Château du Louvre, & un en celle de notre tres-
cher & feal Chevalier Garde des Sceaux de France,
le Sieur de Voyer de Paulmy, Marquis
d'Argenson, Grand-Croix, Chancelier, Garde
des Sceaux de notre Ordre Militaire
de Saint Loüis; Et que ces Presentes seront
regiſtrées és Regiſtres de la Communauté des Imprimeurs
& Libraires de Paris, dans trois mois, le tout à peine de
nullité des Presentes, & du contenu desquelles vous mandons
& enjoignons, faire joüir & user ledit Exposant & ses Aïans
cause pleinement & paisiblement, & faisant cesser tous
troubles & empêchemens contraires, Voulons qu'en met-
tant au commencement ou à la fin de chaque Livre, Copies des Presentes, elles soient tenuës pour duëment signi-
fiées; & qu'aux Copies collationnées par l'un de nos amez
& feaux Conseillers, Secretaires foi y soit ajoûtée comme à l'Original; commandons au premier notre Huissier
ou Sergent faire pour l'execution des Presentes, tous Exploits, Significations, Saisies & autres Actes de juſtice
requis & necessaires, sans demander autre permission. Car
tel eſt notre plaisir. Donne' à Paris le vingt-septiéme
jour d'Octobre, l'an de grace mil sept cens dix-neuf, &
de notre Regne le cinquiéme. Par le Roi, en son Conseil.
Signé, OGIER.

*Regiſtré sur le Regiſtre IV. de la Communauté des Librai-
res & Imprimeurs de Paris, page 531. n. 569. conformément aux Reglemens, & notamment à l'Arrêt du Conseil du
13. Août 1703. A Paris le 13. Novembre 1719.*

Signé, DELAULNE, Syndic.

www.ingramcontent.com/pod-product-compliance
Ingram Content Group UK Ltd.
Pitfield, Milton Keynes, MK11 3LW, UK
UKHW020020100726
13658UKWH00003B/1005